Till Maja.

FSC
www.fsc.org
MIX
Papper från
ansvarsfulla källor
Paper from
responsible sources
FSC® C105338

Där rosor ska växa

Victor Sköld

Förlag: BoD – Books on Demand, Stockholm, Sverige

Tryck: BoD – Books on Demand, Norderstedt, Tyskland

ISBN: 978-91-8027-564-4

I will not be modest.

Humble, as much as you like, but not modest.

Modesty is the virtue of the lukewarm.

Jean-Paul Sartre, *The Devil and the Good Lord.*

Prolog.

Klockan visar 18:21, och ännu en minut har passerat i det som blivit en evighet. Uppförsbacken från spårvagnarnas gnissel upp till ett hem känns ovanligt lättsam, varje steg känns sällsynt enkelt. Ett par droppar av det nu lugna regnet letar sig in genom luggen på pannan, når huden och svalkar med hjälp av vinden. Luften talar om dig.

Onsdag och enstaka fågelkvitter noterades vid promenaden ner för gatans sluttning samma morgon. Sången från de tidigt återvändande fåglarna penetrerade hörlurarna. En prestation då tonerna från ett gemensamt favoritband nästintill bedövade varje sekund dessa morgnar. Ögonen var inte vakna ännu. Hörseln fick agera guide, som den gjort förr. Vid ett av tre övergångsställen återfick blicken makten. Och då mindes den vad den nu kommit till att vilja leva utefter. Ögonen och tillika blicken såg dig, fastän du inte var i närheten. Ändå kan de inte urskilja detaljer.

Penseln blir våt av en för stor mängd färg. Lila, sedan orange. Blå med en gnutta svart. Staffliet gungar till av den överdimensionerade tavlan som påbörjades för ett par veckor sedan. Någonting kom emellan. De artificiella stråna möter bomullen, väljer att känna närheten av ny hud. Biter tag i överläppen, fokuserar. Varje sekund har nu blivit ett steg mot dig. Även om minuterna hanteras med enkelhet, andra har kommit före och försökt visa svansföring.

Ytan är stilla och på spegelbilden fladdrar värmeljusens lågor. De flämtar efter luft i ett badrum som sett kärlekar, naken hud, tårar och skratt eka förbi. Grannarna är ovanligt tysta för att vara natt, någonting har de alltid att prata om eller ställa in i skåp. Min hand bryter ytans symfoni, hämtar glaset med vin och försöker någonstans lugna längtan. Vattnet runt kroppen gör sitt.

En kopp av mörkt kaffe vilar i handen och samtalen överröstar varandra vid dagens sena timme. Någon har köpt bil, en annan söker efter nästa projekt hemma. Söner, döttrar och partners nämns. Mörkt kaffe vilar i svalget och glider ner i ett bröst, kanske piggas kroppen upp av ett lagligt lyckopiller. Nickande svar och leenden till bordsgrannar. Någon frågar om dig, kan ha råkat *nämna ditt namn även när samtalet handlat om min konst. Du har ändå fått en plats där i.*

Vaknar av att ditt hår är det enda som min hud får närvara inom. Ditt höftben vilar mot mitt, min hand har valt att vila i din. Fönstret är en öppen scen till hållplatser, gatlampor och starka vindar. Med mitt andetag i takt med dina drömmars taktfulla suckar väljer jag att blunda igen. Men innan detta sker kysser jag dig på pannan, sedan kinden. Varje sekund har blivit till en evighet. Varje dag har blivit värd att fylla med innehåll. Ett liv som ansågs vara fulländat har börjat smaka av dig.

Märker hur dagen väntar på någonting mer. Fastän senaste årets morgnar, luncher, kvällar och nätter aldrig svikit. Märker att mobilens vibrationer vill säga någonting annat än notis om att en öl finns att hämta i sällskap med mina vänner, att vinflaskan är där för min hand att hälla upp innehållet i ett närliggande glas. Mina läppar har tidigare kysst, suktat och smakat på lovande framtid. På längtan som valt att bli kvar. Men som dagen har även de börjat vänta på någonting mer, som om natten berättat om någon.

Vattnar växter som är fler till antalet än kvadratmeter. Ett system frågar om jag uttalat musiken fel. Jag suckar och ber igen. I kokvrån steker pannan en ny veckas mat. Snart kanske det är dags att gå dit. Snubblar på en matta där morgonen startar och kvällen får en aktiv punkt. Vattenkannans sista vatten träffar parketten obarmhärtigt. Musiken spelar en lista som gjorts till en annan. "My hopes of being stolen, might just ring true". Ett fint liv, mitt liv, adderas med tankar om dig.

Och hon ville mer.

De lätta stegen mot sängens riktning gjorde inte ifrån sig
ett enda ljud. I hans händer fanns morgonens
välkomnande i form av allting hon älskade. Bröd som
smakar av strandens svalkande vind en augustimorgon på
Möllestrand. Kaffet som får gamla sorger att aldrig mer
välkomnas in. Det enda ljudet i sovrummet var hans
smilgropar som alltid fanns där. Mest och oftast när hans
ögon nådde hennes skepnad. När bägge ögon noterade
att det var den personen som vunnit hans sinne. Hans livs
kärlek. Röken från kaffekopparna i händerna var en form
av minimalistisk ridå framför det vida bröstet som
tillhörde hennes konstanta stöttepelare. Han som hjälpt
henne genom känslornas berg- och dalbanor, bolån,
räntesatser, besvikelser och sjukskrivning. I bröstet fanns
ett hjärta som ville hennes bästa i ur och skur. Alltid och
oavsett årstid. Han blev mer än en sommarkatt. Solen
kikade försiktigt in genom fönstrets små persienner som
gjorde sitt yttersta för att bibehålla lugnet inom
sovrummets fyra väggar. Mönstret på golvet som
skapades av springorna på persiennerna blev till en

filmskapares våta dröm. Det var antagligen det som skett nu. Drömmen som inte sade ett ord började falla isär. En dröm som började innehålla vanor, krav och respekt. Hans närvaro blev till en besk citrus som fortsatte förpesta en tillvaro som ibland behövde vara sämre. Det kunde inte alltid vara bra. Eller? Hans röst fick henne att rysa till, men stundom bli kär på nytt. Ryggraden kröktes när han sa hennes namn. Tidigare var den upprätt och stark. En hud och kropp som tidigare avgudat samma beröring. Hans steg hördes fortsatt inte i sovrummet. Det rådde lugn i den tidiga morgonen.

1.

Do not mind,

I'll be bleeding,

Emotions pure and real,

Do not mind,

This heart has learnt to bleed.

En dag till.

Pirr efter pirr var en melodi som spelades upp varje dag
som tillbringades med honom. Dofterna som hans kropp
gav var en fröjd att möta efter jobb eller andra äventyr
som livet krävde eller gav. Till den som fick ynnesten att
leva detsamma. Hans stämma var musik som påminde
om den musik som legat närmast hennes inre. Musik som
inte blir gammal även om upprepaknappen glöms bort
att stängas av. Ett lyckligt misstag. Pirr efter pirr som
växte i hennes önskan om att aldrig mista honom. Hans
beteende visade från en första, nervös dejt att de båda
hittat rätt. Handen, den vänstra, hade kommit att bli
hennes favoritplats när livet blåste som mest. Vid nattetid
var den oasen som söktes. Även om han själv sov djupt.
Läpparna, som styrde stämman med musiksmaken som
smakade av glädje, ville hon kyssa direkt vid morgonens
första vakna minut. Handen där tryggheten bodde höll
alltid hennes på det vis som ger och ger. Energin från
hans närvaro var det som eftersökts under alla år av
underkända romanser där saker verkade stämma.
Detaljer som gick in i rätt led, men visade sig vara

förskönade lögner mot en själv. När han vid deras tredje möte erkände sina svagheter, styrkor och rädslor, visste hon att formerna som hans kropp existerade inom var hemma. Exakt på det smöriga viset som hon längtat efter och tidigare sett som en omöjlighet.

2.

Night for me,

Time where eyes melt,

In the distance,

Never ending horizon,

Sky comfortingly grey,

Distant friends are near.

Förflutet.

I flickrummet fanns det mesta kvar från en barndom som var tryggheten själv. De ljusbruna väggarna, som pedantiskt målades om vartannat år av henne själv, fick fortsatt hennes konstprojekt som lämnats kvar att framstå som mästerverk. På ett sätt var de just mästerverk av sin tid. Ett av verken som lämnats på den ännu glansiga väggen var det verk som glömts av att det någonsin skapades. Klassiskt skeende när konstnären skapar utan hejd, utan att ta hänsyn till vad andra ska tycka eller förstå. En genuin känsla. Hon skapade mer än vad som hann sjunka in under denna tid av sitt liv, och det var hon stolt över. Fantasin flödade som glaciärens is som smälter. Kreativ våg. Hennes ögon följde det abstrakta valet av nyans och formerna som föreställde henne själv som ung. Det var svårt att ta in som nu vuxen kvinna. Självinsikt redan då. Stolthet redan då. Linjerna lugnade, och skramlet från bottenvåningen var en form av betingad antidepressiv. Köket var ett bakgrundsljud. Tavlan mot den ljusbruna väggen skulle bli det enda som sjönk in denna dag. Någonting mer som behövde

hanteras skulle ta andan ur bröstkorgen som ett
knytnävsslag i solarplexus en utekväll på bargatorna.
Golvet var kliniskt rent, som hon tyckte om. Flickrummet
var i sin ordning. Fötterna orienterade sig runt en oas av
nostalgi och minnen. Rummet var en påminnelse om att
livet kan rusa iväg om en inte ser upp. Dock förblir det på
vissa vis en vägg att luta sig mot. Rop om färdiglagad mat
kom från köket och rummet lämnades kvar för att bli
återbesökt.

3.

Loving you is more,

Time gathered,

Than just love,

In your arms,

The base of comfort,

Visits my heart,

In every word,

The days seem achievable.

Nystart.

Inflyttning i en egen lägenhet och stoltheten över sig själv
visste inga gränser. Ljusinsläppet skapade en hinna av
sken som gav endorfiner utan gräns. För varje ny flyttlåda
som packades ur blev leendet bredare och mer tydligt.
Även om lägenheten var mindre till kvadratmeter än vad
hon hoppades på under sina drömmar om bostadsköp,
var det hennes eget hem. Ett palats i formatet mindre.
Redo att inredas och värnas om på ett sätt som bara
existerat i hennes senare tonårsdrömmar. Flyttlådan med
porslin till bristningsgränsen gick inte att rubba även om
ryggen agerade lyftkran på alla icke ergonomiska sätt
som gick att tillhandahålla. Pappan hade burit upp lådan
till fjärde våningen som om den vägde mindre än en påse
fjädrar. Trots sin kroniskt, och alltid nämnda, värkande
rygg. Svettpärlorna på hans panna hade dock bevisat att
styrkan var en mindre illusion, att superkrafterna
någonstans fick stanna hemma. På kartongens ovansida
skymtades fortfarande blöta prickar där svetten fallit och
vilat. Hon blev varm inombords av att tänka på hur
familjen hjälpte henne i ur och skur. Som om det var en

självklarhet. All hjälp betydde monumentalt mycket för henne. Mer än hon kunde förklara. Mamman var med under möten med banken angående flytten av fonder och lånelöften. Pappan fanns med från första till sista flyttlåda. Från barndomshemmet till den egna lägenheten. Ljuset låg kvar med sina endorfiner på golvet när lådan med alla hennes ljusslingor stod näst på tur att packas upp. Ljuskronan som ärvts fanns också där i. Ljusen skulle inte behövas på ett tag, ljuset från den kommande sommaren hade redan börjat visa upp sig. Välkomnat sig själv som bara den årstiden kunde.

4.

It's not like,

We live like this everyday,

It"s not like,

We find love,

Like this,

Every life.

Sensation.

Kyssar och händer över varenda del av kroppen som täcks av hud. En smekning bakom örat och en viskning om hur närhet fyller kvällens avslut med värme och sensation. Höften rör sig i takt med madrassens motstånd, får hennes egen att sjunka ner i en annars alldaglig bomullstuss som agerar sömnens kompanjon. En första främling i ett nytt hem och det är välkommet på ett nytt vis. Munnen befinner sig fortsatt vid ett av öronen och viskningarna har ebbat ut i enstaka stön. I rummet har fuktigheten nått sin brytpunkt och svetten har inte längre någonstans att ta vägen. Den kläms mellan två svettiga kroppar som lever utefter passion. Tillfällig med eld i attraktion. Två kroppar som delar nattens antågande. Lusten är stark, evig och tydlig. Sjunger ut sin finaste sång, dock är detta inget evigt. Detta är det första och sista mötet. Sak samma. Det är här. I sinne och i kropp är bandet här. Tillfälligheten var ett faktum redan vid den jämnårige mannens inledande raggningsreplik. Ett lockrop. Hon föll, längtan var nära. Hon hade saknat en passion för natten i de inledande veckorna där lägenheten som nu överöstes med värme inte sade mer än ett par meningar. Valet föll på honom. Ont anandes om att det mestadels var för hennes vinning. Och det kändes fint. En triumf för framtiden och för att vara människa. En lögn om närhet, en äkta sådan. Hennes former gjorde andra avtryck i madrassen än vid sömn. Hon log mitt i en kyss.

5.

I've come to stay,

Still alive,

Flares over the skies,

Taste the burning smoke,

I will.

Sömnlös.

Dagen efter ett nytt möte. I lägenheten bodde inte längre
en känsla av lugn. Främlingen intill sov djupt när solens
strålar återigen tog sig in genom persiennernas springor
efter att ha kämpat sig igenom fönsterglaset. Inga
gardiner hade ännu monterats upp. Pappan skulle
förhoppningsvis hinna förbi innan nästa helg var ett
faktum. Färgen var ännu inte vald, det fick bli ett annat
bekymmer. I köket hängde redan ett par gardiner från
hemmets kök. De gjorde sig bättre där och påminde om
att föräldrarna endast var ett samtal bort. De såg lyxiga ut
när hon åt sina hittills få middagar. Kartongen med
porslinet fick agera köksbord innan leverans av hennes
nya i valnöt var redo. I tankarna om köket, gav främlingen
ifrån sig ett läte av välbehag och snart nådde en frän lukt
henne näsborrar. Från en näsvinge till den andra. Upp i
varje näsborre. Hon kunde inte låta bli att bli äcklad av
honom när han låg där i sin egen stank. Hon visste inte
ens vad han hette, och det kvittade. Han var hennes byte
för natten och nu var det en kort tidsfråga innan han
förkastades till den dåtid som alltid var i sikte. Kvällen

med vännerna slutade med detta, en kväll som var precis
det som önskades. Evenemang på hennes klubb. Där
staden öppnar upp sina dörrar för kvalité. De smått
pretentiösa reklamerna om eventen levde upp till sina
löften. Även denna gång. Mobilen vibrerade på
nattduksbordet i tankegångarna, fick henne att vakna till
igen. Likväl främlingen intill. Han log snällt mot henne.
Hon log tillbaka.

6.

Humorous feeling,

Containing discretion,

Hopelessness eventually,

You will marry the wrong person,

Still learn.

Smultron.

Caféet ett stenkast från lägenheten var som ett andra hem, även om kvarteret inte förrän nu blivit en permanent plats att leva på. Kaffet smakade speciellt och bjöd upp varje gång ett besök tillägnades caféet. Vännerna rekommenderades under tidiga år att besöka denna plats för att hitta någonstans att tillägna de unga årens bekymmer en plats att vila ut på. Det lilla vattenhålet osade av pretentiösa intryck med målet att tilltala en välkomnande stämning. Det blev en plats där vänskap fick växa, där tårar fick falla efter ett nytt uppbrott och där kaffet på riktigt aldrig tröttade ut smaklökarna. Personalen kände igen henne även med förbundna ögon. Nästan som om de instinktivt kunde se hennes besök komma långt innan hon själv. Stamkunderna betydde på allvar någonting för ägarna. Inget hade förändrats när hon steg in i dörröppningen och mötte en äldre herre som var på väg ut från samma café. Deras blickar möttes en kort sekund och de gav varandra varsin artig nick innan dörren gick igen mellan deras kroppar och skar av bandet som skapades. Mannen satt ofta utanför vid hennes andra besök, var han var på väg denna gång skulle hon aldrig få veta. Kanske skulle han synas till nästa gång, antagligen vid helgens inplanerade besök. Lokalens välkomnande slutade inte att förvåna. Lamporna i taket visste hur de skulle samspela med de dekorativa stolarna och borden. En schizofren sammansmältning. Innan hon nådde fram till kassan, som vanan trogen inväntade en mindre kö, blev ögonkontakten tydlig mellan ägaren och hennes egen blick. Efter att de två personerna framför henne blev betjänade, skulle hon beställa men märkte att en färdig kopp kaffe stod redo intill kassan. ”Kul att se dig igen; hur har du haft det?”

7.

Think you might be the only friend,

Take care,

For care is what nourishes life,

The blessing no religion can fathom.

Sökande.

I sina försök att hitta sig själv, var konsten en plats att
ständigt luta sitt trötta huvud mot och inse att skapandet
var den delen av tillvaron som gav. Den tog aldrig.
Förmågan att förmedla sina innersta tankebanor i färg
och former tilltalade henne. Men det fick ske i privata
rum. Att visa upp sin konst skulle aldrig kunna tänkas vara
inom hennes bekvämlighet. Samma sak kring hennes
texter. De fick stanna i hennes dagböcker. Vid de tillfällen
som hon ändå övervägt att visa upp sina innersta tankar,
sjönk självförtroendet och allting rann ut i sanden.
Heliumballongen nådde atmosfären och sprack. Det
personliga och sårbara var sidor som hon kämpade med.
Att tillåta någon att se desamma var outhärdligt att
underhålla i hennes huvud. Att hänge sin konst till att visa
svagheter offentligt kunde inte greppas. Trots att hon
själv visste hur andras konst som berörde på djupet
kunde härledas till det mest personliga. Texterna och
konsten handlade inte enbart om henne själv. Även
hennes vänners upplevelser tog sig in i konsten och
skapade högst närvarande verk. De var ännu inte redo att

implementeras i uttrycken som ville ut ur den privata

sfären. I konsten blev porträtten en form av frälsning och

hon behärskade penseldragen som om det var det enda

som ville kontrolleras. I val av färger och vinklar glömde

hon bort världen för en stund och förtryckte detaljer som

i själva verket behövdes ses i vitögat. Konsten blev

nystarter, omprövningar och lugnet. Energin från att

skapa ur tomma intet gick inte att undgå. I varje

penseldrag eller bokstav blev omgivningen tyst.

8.

Surely,

You're breaking hearts,

Piercing precision,

Arrowhead in flesh,

Effective and repeated.

Vän.

Hennes bästa och närmsta vän var nästintill ett syskon i hennes ögon. "Bästa" var smått klyschigt, men deras band sinsemellan var antagligen den relation som alltid existerat på ett annorlunda vis. Vännens ord tog bort onda tankar, idéer om att framtiden inte skulle bli fin. Mestadels var vännens närvaro det stöd i de tankspridda vardagarna som fick skeppet att styra i rätt riktning. Den logiska riktningen. Om det var kärlek eller vardagens val av mat eller vilken serie som kunde konsumeras var vännens åsikt starkast. Åsikterna präglade en uppväxt och ett vuxenliv. 25 år var lång tid tillsammans, och vänskapen speglade deras upplevelser och lärdomar. Personlig mentor trots deras gemensamma ålder. Bara en månad skiljde dem åt. Stämman från hennes kropp var en trygghet och favoritmelodi. Ständigt konstruktiv och behjälplig, fri från nonsens. Om någonting i livet gick för fort fram, blev frågorna och kraven på stöd riktade mot hennes vän. Och oftast blev svaren det som behövdes för att komma vidare. Nya romanser var vännens specialitet. Hon hade sett hur saker och ting övertänktes och analyserades till punkt och pricka. Vilket inte var bra för att kunna njuta av stunden. Om jobbet tilltog i börda och krav, blev vännens kontemplation det motgift som krävdes mot stressen. Svarade upp mot tvekan och blev en ny form av produktivitet. Aldrig tvekade hon kring sin bästa vän, det var en av få detaljer i det som varit en karusell till liv som aldrig ifrågasattes. Åsikten från vännen var rätt väg, alla gånger. Någonting radikalt skulle krävas för att bryta deras band.

9.

Whispers,

Are you sure?

Might think through my future,

Even though days not born yet,

Seems more distant than a solution.

Hemma.

Månaderna gick från att det egna hemmet genuint blev till den fristad som eftersträvades. Väggarna var fyllda av de konstverk hon inte visade upp för omvärlden men som ändå behövde få synas för ögonen som bjöds in till hennes trygghet. Väggarnas färger var nu målade i hennes önskade nyanser. Ljusbruna, beigea med mönster och till sist i en brandorange färg som tilltalade henne än mer. Efter varje återvändo från arbetsdagarnas hysteri agerade ljuset mot väggarna en form av terapeut. Medicin för själ och sinne. Av sina vänner hade en porslinshund skänkts till hallen och den tronade intill ytterdörren som ett vakande öga. Huvudet fungerade omgående som avlastningsyta för nycklar och passerkort. Ibland skrämdes hon av dess storlek, men kom snart att vänja sig vid dess skepnad. Mot manen lutades paraplyet som användes konstant under den senaste månaden. Sommaren hade tvekat med att välkomna sig själv. Av de finaste gåvorna som hon fått i samband med sin nya oas fanns ett fotografi. Det hade tagit plats på en av de inbjudande väggarna. I sin ram såg det ut över resterande kvadratmeter som om det hört hemma där sedan tidens

begynnelse. Mellan hennes egna konstverk spred

fotografiet någon form av närvaro. En bild på

vänskapskretsen med de fyra medlemmarna. Bakom dem

en utsikt som de aldrig glömt av. Hav och berg i symbios.

Indiska oceanen hade nog aldrig sett bättre ut. I den

spegelblanka ytan gick ögonen vilse, även om det endast

var ett fotografi.

10.

You're poetry,

Beauty in motion,

They who came before,

Were words in my heart,

But you,

You're art in disguise.

Debut.

En första relation som betydde någonting var med den
som trodde sig skulle vara personen som livet skulle
cirkulera kring. Ingen dag var tung med honom, deras tid
ihop där sidor skulle läras känna. Kroppar, känslor och
filosofier var i fokus, ingenting kändes udda. En morgon i
varandras sällskap var den friska fläkt som filmer, böcker
och andra försökt ge henne. Förälskelsen var stark. Hans
hud och hår var som mänskligt siden. Ett par år av mer liv
gjorde honom till en ung individ men ändå klokare än
hans jämnåriga. I hennes uppväxt och nutid fanns ingen
som honom. Det var som om lärdomar fastnat på honom
och vägrat släppa taget. Att inte vandra tillbaka in i
ovisshet och dumhet. Att konstruktivt se framåt med en
ny lyster. Förlusterna som han berättade om var i hans
värld ingenting som berörde mer än att de lärde honom
hur ett liv ska levas framåt. Inte bakåt. En produktiv ådra
som enbart inspirerade en själv att bli en finare version
av sig själv. Om det var inom konsten, arbetet eller livet i
stort. Effektiviteten av att ha mött sina farhågor och
kommit stärkt ur dem gjorde henne avundsjuk och ibland

arg kring den han var. Detta gjorde henne självklart illa till mods. Även om hans anekdoter om att leta inom sig själv och hitta rätt i den snåriga terrängen fick henne att lysa upp av inspiration, fanns där en bitter eftersmak. Smaken fick henne att bryta med honom efter ingen närmare eftertanke. Det skulle ändå komma någon ny.

11.

Ghost in my arms,

Stuttering motion,

Shallow emotions,

Was I worthy of this absence,

Was I your love too soon?

Vila.

I parken fanns bänken ständigt till som ett segel i vindarnas konstruktiva riktningar. Varför det blivit just den av alla nedgångna träfossiler visste hon inte, men den blev efter veckor i kvarteret till hennes inofficiella tron. Armstöden var nästintill fallfärdiga och en av plankorna som utgjorde sätet var bara till hälften komplett. En lång springa i plankan möjliggjorde att marken syntes, det låg ett par fimpar och tuggummin där. På ett vis var det charmigt. Nedgånget tilltalade henne när det kom till miljöer. Som en påminnelse att det fick vara fult. Charmigt. Framför bänken i hennes adopterade park låg en mindre sjö som skänkte ro och lugn till den som vilade ögonen på densamma. I sjön hade någon parkskötare placerat näckrosor som adderade skönhet till en redan vacker plats. Plaskdammen blev av rosorna mer än enbart en objektivt medioker plaskdamm. Det var hennes vy, hennes fantasiateljé. Här kunde hon sitta när terapisessioner inte gick bra, eller när inspirationen till hennes konst inte visade sitt ansikte. Efter längre utekvällar gick hon också hit för att se över framtidens egentliga syfte. Tankarna blev ibland till flodvågor mot ett skört skrov. Skallbenet pulserade av alla tankar som inte ville väl. Därför fick sjöns lugna yta ge det som andra inte kunde. I hennes händer vilade garn och sticknålar. Projektet som skulle till var en gåva till en nära vän. Ett sätt att stanna i stunden. Behålla sitt sunda tänkande. Nästa sak som skapades skulle vara för henne själv. Till henne själv. Det lovade hon. Att ge sig själv kärlek och omtanke var fortsatt en aspekt som inte värnades om.

12.

Proud to be a dreamer,

Obligated to forget,

Square one is the next step,

Proud to have felt pure life,

Pure heart.

Vin.

Glaset vin smakade ljuvligt även denna kväll. Det hade
blivit ett par liknande kvällar den senaste tiden, de
senaste månaderna. All tid tillägnades henne själv och
det var även det ljuvligt. Beslutet att inte låta någon
annan komma nära framöver på obestämd tid gynnade
henne. Beslutet föll efter att dejtingapplikationer och
sociala medier sög ur den energi som hon behövde.
Mobiltelefonens onda cirkel ville brytas och var just nu en
succé. Att inte bli sedd för det genuina, att känna sig
osynlig i en värld med tusentals ögon. Vandrande spöke i
den virtuella världen som vi valt att skapa. Droppen föll.
Tydlig som droppen vin som föll på hennes beigea matta.
Fransen som blev offer blev snabbt ljusrosa. Glaset fylldes
på med mer vin. Lådan av kartonnage tappade sin vikt,
och det kändes som en prestation. Svalget välkomnade
nästa sötma, beska och väta. Varm filt inombords.
Styrkan att ta över taktpinnen i livet värmde även den.
Konsten fick mer tid och kärlek. Tavlorna blev kvällarnas
kulisser utan horisont. I skapandet föll hon åter för henne
själv. Allt som skulle komma framöver fick ingen plats i

huvudet, det fick bli som det blev. Förälskelser, utmaningar, yrkeslivets krav. De gömdes bakom färgen som täckte skissernas streck på en canvas. Penseln följde sig själv, och hon följde med på resan. Fötterna var täckta av färg efter sejourerna av färgval. Det blev vackra mönster kring de redan tydliga leverfläckarna på ovansidan av hennes fot. Nyanserna höll hand med hennes naturliga jag. Vid nästa klunk av vin föddes nya idéer. Hon njöt av varenda en.

13.

In the distance,

In your distance,

Created from unapologetic behavior,

When I was,

Comfort zone,

When I was,

Everything being told to have,

Been seeking.

Vinter.

Samtalen spred sig som siluetter över vinterns alltmer karga kvällar och tidiga nätter. På mobilens skärm levde en ny person upp. Diffus och ett mysterium. Men på något vis en ny sensation till livets tidigare tillkortakommanden. Till utseendet var denna person vad som blivit till en vana. En klassisk typ. Ett inbjudande och vänligt leende som lovade trygghet och en värmande famn. Ett löfte om att bli sedd. Delar av relationerna hon redan haft men som inte fungerat till fullo föll alla på grund av att de aldrig förtjänade hela hennes passion. Hela hennes uppmärksamhet. Meddelanden som skrevs sinsemellan var nu konkreta. Inga onödiga ord eller uttryck. Rakt på sak. En ömsesidig önskan om ren och skär passion mellan två individer. Att varje möte är en ny upplevelse och start på ytterligare äventyr inombords. Hon var ständigt skeptisk till poetiska utspel. Att bli satt på den klassiska piedestalen innan ens ha visat sig vara förtjänt av överflödig hängivelse. Därför uppskattade hon sin egen stund med sig själv. Men dessa meddelanden och samtal fick henne att vilja offra sin tid till honom. Att ge den största gåva som finns. Ens tid. Vid varje meddelande på skärmen blev hon hårt hållen av sitt inre. Försvarsmekanismer. Kunde denna diffusa person ge henne saker som hon eftersträvade och bibehålla samma engagemang? Det fanns detaljer i sättet att uttrycka sig som skiljde honom från någonting annat. Hon tackade artigt ja till ännu en dejt med honom. Blottlagd och sårbar. Ny sensation.

14.

Vanilla,

Melting in your hands,

Skin tempted to melt through fingers,

Knees bent backwards,

Vanilla,

Hope the taste was enough,

Not to be perished in the minds,

Of young lovers.

Ett minne.

På baksidan av barndomshuset fanns en gunga som svängde som en fast punkt i en av trädkronans alla grenar. I vinden svajade den varsamt och gick att se från flickrummet. Under vintern hängde den stilla. Tyngd av snön i dess säte. Snö som lagt sig som en kylig sten i gungans formbara plast. I de tidiga vårdagarnas skimmer välkomnade den varenda person som ville med på en tur. Upp och ner, fram och tillbaka. Trädet höll hårt i sin gunga och i dess passagerare. Flyga i korta vändor eller längre sekvenser av melodisk rörelse. Pirret i magen gick aldrig riktigt ur kroppen. Det fanns kvar vid frukostbordet eller när kvällens fika placerades ut varsamt på det väldiga köksbordet. Tekakan smakade särskilt gott när eftermiddagen och kvällen delats med trädets gunga. Tv:n kunde inte lugna henne som liten, gungan fanns kvar och väntade på nästa lekstund. Ibland fanns pappan till och puttade på. Styrde farten passande för hennes humör. Ibland snabbt, ibland sakta. De kommunicerade perfekt med varandra. Aldrig för långsamt, aldrig för snabbt. Stunderna med trädet och gungan etsade sig fast som en tatuering på barndomens hud. Minnen som formade och tröstade. Ett bevis att det kan existera kravlösa och genuint vackra stunder i det som blir ett liv. Beundransvärd enkelhet. Minnen att kunna smaka på när bitterheten dyker upp som en oinbjuden vålnad. Minnen att luta sig mot och återvända till. I dåliga som bra etapper i framtidens framåtrusande tåg.

15.

Bitterness,

Was never,

The suit wearable,

Even though,

The colors and patterns,

Felt like home.

Släktträd.

Öborna, tillika släktingarna, för oväsen till fastlandets rand. Alkoholen har flödat som vattendragen i Kalmarsund från lunchtid till natten. Stämning som kvickt skiftade från harmonisk till intensiv och påfrestande. Fridfull till kaos. Slagfält för den med känslorna påtagliga. Inte lika illa som modern tids konflikter men en försmak på hur vuxna människor kan tappa konceptet. Karaktär skiftar till oförmåga att bete sig. I hennes hand fanns en avslagen öl. Lusten att erbjuda sig som frivillig till slaget framför henne fanns inte på hennes egenritade världskarta över rätt och fel. Hon stannade kvar i basen och inväntade hellre rapporter. Lusten försvann tidigt under kvällen. Hon önskade och uttryckte tydligt att släktträffen inte var prioritet i ett redan hektiskt liv. Men efter att ha tackat nej flertalet gånger, satte samvetet käppar i det roterande hjulet. Hon fick offra sig denna gång. Det blev ett måste. Det värsta som fanns. Sociala tillställningar som blev påtryckta repliker. Ett beslut som var fyllt av ånger nu när nästa anfall från alkoholen tog över en av farbröderna. Hemma i sitt kvarter kunde hon alltid kapitulera till sin egen oas. På ön där släktingarna huserade och regerade fanns knappt en skrubb att dra sig undan till. Villan var stor som ett moderskepp, men det spelade ingen roll. Var än hon gick fanns ett störningsmoment eller en krystad konversation om framtiden nära. Släktarmadan rusade vidare i kvällen och hon log artigt även om det sociala inombords grät storartat. Det avslagna ölet fördes mot munnen och in i densamma. Hon lät vätskan rinna tillbaka ner i flaskan och spottade ut det som blev kvar i munnen. Efter ett tappert försök att delta.

16.

Knew you'd be mine,

But I would never be yours,

Barriers in your heart,

Made sure.

Sigge.

I pälsen försvann hennes händer och återvände inte
förrän kraft och mod alstrats in i märgen. Full styrka. I
familjens nytillskott fanns plats att tillägna den omtanke
som väntat på att få leva. Leva ut i all sin prakt. Händerna
letade sig igenom pälsen som utgjorde en form av skog
där att gå vilse inte existerade. Den varma och tjocka
pälsen skyddade mot vintern som varit lång och djup av
mörker. Hon frågade sin mamma det som väntat på att
komma ut under tiden som hon hittade sina båda händer
i hundens täcke. Att finna varandra var som om en
astronaut hittar tillbaka till Stilla havet efter en resa i
stratosfären. Frågan härnäst ville veta hur det kom sig att
just denna hund fick äran att förgylla deras liv. Under sin
korta tid hos dem var han redan en punkt att hålla i.
Under frågan flämtade hundens tunga utanför hans mun,
den amatörmässiga massagen från henne fick honom att
ibland stanna till och känna av hur närheten fanns till.
Tungan försvann tillbaka in i den avlånga munnen under
de ögonblicken och mungiporna liknade ett leende.
Svaret från mamman var enkelt men tydligt. Rätt från

början och en känsla av att det inte fanns någon annan hund bland de valpar som slogs om uppmärksamheten i källaren där de fötts. Mötet med uppfödarna var koncist. Mamman menade att beslutet föll vid första ögonkastet. Hunden, som nu släppt ut sin tunga och flämtade vidare, var rätt val bara av den närvaro han skänkte. Det var samma närvaro som fått henne själv att fortsätta skriva med den nye mannen som ibland dök upp på hennes skärm. Det hade börjat gro en plats för honom inom henne. Händerna lämnade pälsen och fötterna bar henne ut på verandan. Vinterkylan mötte henne genast. Hon funderade på att fråga om en träff innan dagens slut.

17.

Bedroom crime,

Calmness in every touch,

Whispers in morning light,

Nighttime blues,

All of the time,

Fairness in devotion.

Brygghus.

Solen låg över uteserveringen som ett element. Barens
gäster hade samtliga tydliga ränder av svett på sina
bröstryggar. Ryggtavlor som abstrakta verk. I alla fall de
som tillät solen att härska utan skyddet av skuggor. De
frånvända kropparna accepterade värmen. Den gäst som
skonats från hettan med hjälp av markisen som enbart
gav skugga till just denna individ förblev oberörd av
resterande gästers tysta vånda. En klunk av ölet framför
honom gjorde minst sagt susen och på väg tillbaka mot
bordet fick hans arm känna hur värmen för en kort
sekund försökte påverka även honom. Hon märkte, i sin
observation av uteserveringen, att hon helt missat vad
som skett i hennes absoluta närhet. Personen bakom
skärmen på mobilen stod nu precis framför henne. Log på
ett nervöst och sårbart vis. Som om han var osäker på om
han hittat rätt person. Självsäker någonstans men
nervositeten var tydlig. Det var inget som gick att dölja.
Hon var själv nervös och kunde relatera. Hon tog ett par
sekunder på sig innan hon förstod att nästa drag var för
henne att genomföra. Benen förde henne upp från stolen

och blev bländad av solen trots sina dyra solglasögon. Hennes arm förde hennes hand framåt mot honom och öppnade upp sig i en hälsning. Hans hand mötte hennes. Hon noterade ett diskret nagellack på hans fingrar. Inte för mycket; men ovanligt och absolut ett pretentiöst samtidsdrag. Nervositeten gjorde att hon, direkt efter att han släppt hennes hand, öppnade upp sin famn för en kram. Han var inte sen att reagera och bjöd in sig själv i hennes aktion. Hjärtat slog hårt. Hans också. Doften från mannens skjortkrage doftade ljuvligt.

18.

Take more care of yourself,

Better is understatements,

Look inside,

As we did,

Take nutrition into yourself,

Another heart crushed by you,

Is one too many.

Projekt.

Jobbet rusade i en orimlig takt och dagarna hann inte
börja innan de var tillända. Arbetsmängden avtog inte
och för varje timme behövdes ännu en för att bearbeta
vad som skulle produceras i det oändliga flödet av krav.
Innehåll på webbsidor och personliga möten med
potentiella samarbetspartners gick i omgångar. Cheferna
vankade av och an vid hennes arbetsplats. En arbetsplats
som riktades mot resterande kollegor. Blottlagd och sedd
för sitt arbete. Ledande kollegor sågs ibland inte till på
kontoret men av någon anledning var de närvarande vid
de kritiska momenten. Cheferna verkade oberörda av den
eskalerande arbetsmängden. Som om de visste någonting
som hon helt och hållet missat. Det var som om stress för
dem var en form av drivkraft och lugnande medel.
Fotbojan blev stundtals tung kring foten som drog i
projekten. Glädje fanns i det yrkesmässiga skapandet,
men blev en börda när saker och ting inte nådde fram till
mottagarna i form av kunder eller mentorer. Vid
hemgång bar hon med sig nästa planeringsfas och nästa
möte med viktiga människor. Kunder som kanske just nu

inte ens fanns upptog en del av tankeverksamheten och blev till en diffus vålnad. I alla svängar på jobbet fanns även annat med henne i sina andetag. Kontakten med familjen var bra, men kunde bli bättre. Ett mindre glapp i relationen var ett faktum på grund av hennes jobb. Den yngre brodern var även han frånvarande till följd av jobbet, men som hon själv sagt genom åren, var det ingen vidare ursäkt. Sedan mötet med främlingen som doftade av sommaren, fanns inte bara fokus på jobb och familj. Allt annat sedvanligt fick placeras åt sidan i den mån det gick. Alltsammans kändes inspirerande men samtidigt stressigt. Hon visste själv inte helt säkert.

19.

Slow,

Slow dancing,

Purple dress for the red light,

Feet against pavements,

Summer longing,

On the streets of cities,

Dependent,

I lost you,

But a clean slate is for everyone.

Utsikt.

Takåsarna är inte lika färgglada som vid dagtid, nu liknar de mer papper som blivit kvarglömda på en hylla I ett dystert kontorslandskap. Intill skrivaren som pensionerades för två år sedan. Grå nyans med texturer som knäckebröd. Bortom takens plats syns fabrikerna till med sina skorstenar. Höga som om de hade möjlighet att kittla himlens yngsta moln. Träd utan sina vackra löv och grenar. En dyster vy, men inte lika illa som takåsarna. Hela dagen var en lång transportsträcka utan verkliga intryck. Kollegor på länk som frågade om den senaste tidens händelser. Det enda som fanns till i huvudet var tanken om ett varmt bad hemmavid med två ostmackor. Helst Edamerskivor, fyra stycken. Badkarshyllan var där och stöttade upp det som var njutning i form av mat. Tända ljus i det mörka badrummet och ett té med den tydligaste kamomillaromen.. Mobilen lämnades kvar på kontoret för att tillåta äkta närvaro. I sig själv, ge tillbaka makten på ett sätt. Makten visade sig inte ännu. Takens ansikten var fortsatt högst närvarande. Grå och tråkiga. Skorstenarnas långa halsar spydde fortsatt ut rök. Lyfte mot atmosfären och bad inte om ursäkt. Den ansåg att den hörde dit. Kraftverken som inte fanns i tonåren ville också visa sig på styva linan. Ur deras halsar steg mörkare rök ut. Ridån tydliggjordes av stadens ljus som speglades på vattenmolekyler blandade med giftiga ämnen. Skenet fick ändå någonting att vakna inombords. Ett pirr i maggropen. På ett sätt var utsikten från lägenheten, hennes palats, trots allt fin. Tillfredsställande. Den var hennes.

20.

Sit in silence,

Take to the sky,

Legs unable to be,

The pillars the Stoics understood,

We'll settle for small portions,

Of the relationship we deserve.

Arktiska apor.

Engelsmannens djupa röst förvånade henne vid varje lyssning. Favoritbandet sedan tio år tillbaka och en punkt i kreativitetens vågor som fortsatt strömmade i hennes riktning. Gitarrerna, trummorna, basens utdragna riff och åter till stämman. Tjock och dialektal. Skimmer och höjningar mot skyn. Varje album hade en egen plats inombords. Som vykort från livets olika epoker. I antalet som veckans dagar, i livet som fingrarna på händerna. Höfterna rörde sig som ackorden i ännu en låt när sminket adderades till ett glatt yttre. Leendet fick dämpas när läppstiftet försatte läpparnas hud i ett gisslandrama. Deras redan ljusrosa nyans blev än mer upphöjd när den kemiska blandningen täppte till porerna. Oftast bar läpparna ingenting då de var till för drinkarnas makt och främlingars eventuella närmanden. De var till för dans och ekologiska sugrör. Musiken tystades ner vid en notis. Inkom som ett mysterium i stunden. Innan systemet talade om vad skärmen visade, hann musiken återgå till ursprunglig decibelnivå och meddelandet blev till ett mumlande. I ett trumsolo kan en granne ha bankat mot de hårda betongväggarna. Och hon kunde inte bry sig mindre. Det fick vara ett störningsmoment för grannen, en frigörelse för henne. Om två timmar skulle vännerna, som utgjorde basen till hennes krets, vara redo för kvällens mysterium. Kvällens möjlighet. Kvarterets gäng skulle utforska staden utanför deras gränser. Nostalgisk afton som de upplevt tidigare. Helg efter helg i ungdomen. Musiken, som hon kände till utan och innan, fick henne att hoppas på stordåd.

21.

Beg for things not affordable,

Accepting injustice,

After all,

The prize is within,

Always has been.

Termostat.

Näsa mot näsa. De delade på varandras andetag tills att luften inte längre innehöll syre tillräcklig att ge näring till deras kroppar. Hennes hår blev till skygglappar kring deras två huvuden. En liten värld i den enorma oasen runt om dem. Bara för dem. I hans blå pupiller speglades hennes egen bruna nyans. Ett chokladkex i en rund blåbärspaj. Han välkomnade ännu en av hennes utandningar in i sin mun. Ögonlocken slöt sig runt den blå lagunen under hudflikarna och hon inväntade tillåtelsen att få drunkna där i ännu en gång. Håret, hennes bruna lockar, var fortsatt den hinna mot omvärlden som han kommit att bli för henne med sina genuina sätt. Hennes hårsvall tillät knappt kylskåpets termostat, med sitt brummande, att penetrera barriären som varje lock utgjorde. En gemensam stund. Hennes namn utfärdades från hans mun, som ett brev med fritt porto. Aldrig tröttsamt. Ögonlocken var ännu en gardin och han andades lugnt. Längtan behölls fången. Läpparna, som kommit att bli hennes favoritplats vid deras möten, formade ytterligare ord fram till att hennes egna mötte deras ytor. Smakade av middagens kryddor med hans egen smak som essens. Innan läpparna släppte taget av varandra formades hans åter till ett par väl valda ord. Hon hade känt dessa former tidigare. I de passioner som kom innan. Som vunnit hennes inre. Han sa orden som hon bävat att få höra. Mannen var vilsen i hennes hjärta om hon tillät honom att få en plats där. Hon tvekade och väntade på att gardinerna skulle blotta de blå lagunerna.

22.

Talking as a response,

Compromise in depth,

Late nights,

Causes to change,

Listening to every word,

Wished you would've done the same.

Frukt.

Hand i hand längs gatorna där hon tidigare passerat skyltfönster och kullerstenar med självsäkerhet och önskan om att klara sig själv. Utan någon annan eller något annat. Skosulorna strök marken högljutt. De två par skor som förenades i ägarnas händer struntade fullkomligt i att vara ett vandrande störningsmoment. De gav upphov till alltsammans och log med faktumet. Enstaka personer vände på sina överkroppar när ljudet kom närmare och närmare. Där satt de och drack helgens första kopp med fruktigt eller beskt kaffe. De nya haken öppnade som en löpeld efter vad som förutspåddes bli stadens egentliga död. Stöten som skickade samhället över kanten och såg detsamma falla ner i havet. Ekonomisk kollaps som aldrig kom. Kanske senare. Om ett par år. Ingen visste. Hennes egna förväntningar fanns inte någonstans att se, hennes blick var upptagen med annat. Hans intåg i livet blev det egna försöket till förfall kring det som förutspåddes. Experterna siade om framtiden och hon ingick inte längre i samma beräkningar. Slog sig fri från åsikter. Mellan händerna blev värmen för mycket för att svetten skulle stanna kvar i porerna. Men det berörde henne inte heller. På ett vis kändes det som ännu ett vackert vis att komma honom närmare. Bokstavligen på skinnet. Balansen i stegen rubbades när hon insåg att tankarna flög iväg mot en framtid som hon inte kunde lita på. Tankar som spred sig exakt på samma sätt som de nya haken nu upptog hela gågator med sina nischade format. En löpeld. Ytterligare främlingar vände sig om när sulorna mötte stadens putsade ytor. Sommaren var här.

23.

Saw something in a raindrop,

Maybe a teardrop,

Doesn't matter,

Really,

Sadness caused from lack of commitment,

Can't tell the difference.

Sårad konstnär.

Ansiktet begravdes i gräset på lantställets
överdimensionerade tomt. Lårens översida kände även
de hur gräsets strån försiktigt rispade hud som hanterat
solens energi de senaste veckorna. En lättsam hälsning
om att visa närhet. Resterande del av hennes kropp
befann sig på filten som var hennes favorit. Den som
köptes i Europa under resorna som tillbringades med
livets då största kärlek. Han var sedan länge borta. Filten
var hennes. Det var inga bekymmer att glömma just den
delen av filtens historia. För många känslor och en känsla
av påtvingad tillgivenhet fick henne att kasta honom till
vargarna och nästan njuta av att se hur de slet honom i
stycken. Inte alltid snäll och omtänksam. Välbehövd kyla.
Fallet ner i ensamhet hade han själv bidragit till med sin
sårade konstnärssjäl. Det kunde han gott ha. Näsborren,
den vänstra, fick sällskap av ett stort grässtrå. Med sin
stjälk hittade det in i näsan. Av obehagskänslan ryckte
hon bort hela sitt huvud från filten och gräsets oskyldiga
försök till närhet. När huvudet helt lämnat marken
bländades ögonen av solens sken. Det var starkare än vad

hon mindes från tidigare stunder på gräsmattan framför lantstället. De omkringliggande väggarna av solskydd gav ingen chans till att undvika solstrålarna. Även om det var deras enda egentliga syfte. Solen fick tag i henne där hon låg och huden kände sakta av hur den brända sensationen ökade i kraft. Armen hade fortfarande en liten klick solskyddsfaktor på underarmens små hårstrån. Hon smorde ut den vita fläcken och det som blev över adderades under ögonen. Där var tydligen hudens tjocklek skrattretande tunn. Det var i alla fall vad hon fått höra i yngre tonåren.

24.

No gravity,

In between,

Who felt,

What has been felt,

I'm a ghost to you,

You're unwillingly the same,

I can tell from bedsheets,

You were once here,

We were never awake.

Klumpfot.

Huden under ögonen fick ingen paus från nästa anfallsvåg av tårar som flödade som älven uppe i norr. Varje tanke var en ny anledning att tillåta känslorna och tårarna att härska fritt. Barndomsvillans köksbord lyste upp som en ö värdig att hålla fast i. Händerna vilade med sina tillhörande handleder mot träslaget. I en av händerna vilade en pappersnäsduk. Mer stöd än så visste inte pappan hur han kunde vara. Och hon förväntade sig inte mer av honom, det hade hon aldrig gjort. Hans fotsteg hördes i hallen, vilket även det var en annan dimension av hans försök att finnas till. Den yngre brodern noterade att hans äldre syster inte befann sig där hon önskade i alla känslor. Deras blickar möttes, hennes riktad mot hallen och hans in i hennes själs inre vrår. En förståelse de delat sedan ännu tidigare år. En påtvingad människa som visade sig innehålla hennes önskan om stöd och förståelse. Den yngre brodern var precis hemkommen från ännu en dag i grundskolan. Hans fjärde år började och hennes första år på högstadiet var ett faktum. Pappersnäsduken återvände till huden under ögonen. En hjälpande hand bokstavligen. Bordet tog farväl och inväntade nästa besök. En tanke kring sin förälskelse i den nya klassen krossade hennes humör och nya tårar anlände. Det unga sinnet förstod inte hur någon kunde såra en annan. Hon lovade sig själv i den stunden att aldrig göra samma sak mot en annan person.

25.

Gave more,

Than life should've,

Hope it tasted,

Of some of your desires.

Valmöjlighet.

Om hon fick välja skulle världen ha bestått av kärlek på hennes villkor. En sådan kärlek som gav och som var det stöd som behövdes när saker och ting inte rörde sig i rätt riktning. En oas av högre makt. En hjälpande hand i det som kom och som försökte lämna ett bittert avtryck. Kärlek som inte krävde hennes fulla uppmärksamhet eller energi. Ett flöde av intentioner som baserades på intuition och bättre vetande. Hälsoshot rakt in i bröstet som stannade till och gjorde henne till en effektivare individ. Hittills hade denna kärlek varit en myt som levde hos andra med frånvända ideal. Det var mönstret i hennes tankar. Ensam var starkare och faktumen hopade sig. Det var bäst att förbli med en själv. Fem relationer som upplevdes i sina respektive stunder som ett optimalt tillstånd var historia. Ett tillstånd där två parter nästan nått fram men aldrig helt och hållet. Snubblat på målsnöret. Ett maraton utan varken målgång eller medalj. En sexakt utan klimax och med en större dos bristfällig kommunikation. Hur hon någonsin skulle hitta rätt i all förvirring kring andras beteenden var en gåta. Hon själv

försökte göra allting rätt. För om hon fick välja skulle
världen rycka upp sig själv från sofflocket. Ta sitt ansvar
och sluta sända mediokra individer i hennes riktning.
Omöjligt var det inte och tankarna fanns med i samtliga
nya möten. Kanske fanns han i den personen mittemot.
Bara framtiden visste hur det skulle gå.

26.

Have more pasts,

We'll remember,

How we also became one of those,

Hands intertwined,

Interrupted by caution,

Waited for release,

But saw potential fall.

Tröskel.

Dofterna från köket när ytterdörren öppnades upp och hon fick syn på honom igen. Himmelrike. Det var en form av hypnos som inte gick att urskilja eller värja sig ifrån. Men den ville upplevas på en högre nivå efter varje ny sekvens. Han log brett innan han öppnade upp famnen för henne att hitta sin form inom. Med glädje tackade hon ja och föll in i värmen som var honom. Dofterna blev starkare, tydligare och det osade av omtanke på ett helt perfekt och klyschigt vis. I allt fint som han gav utan eftertanke, fanns en vägg som behövde hanteras. Ta sig igenom eller över. Först en vägg, sedan en mur. En tröskel inför varje möte, under varje träff. Även när kvällen slutade i varandras armar. Barriären försvann ibland och med nyktra ögon gick det att se på saker och ting med en tydlig analys. Tröskeln var där för att försöka slå bort. Ignorera. En vanesak hoppades hon innerligt på och släppte taget om hans rygg och till sist hans armar. Hans leende förblev kvar i ansiktet samtidigt som han erbjöd sig att hänga upp hennes jacka under hatthyllan bredvid de båda. Leendet var kvar som ett klistermärke

på hans vackra yttre. Hon stirrade eventuellt en sekund
för länge. Men det fick vara. Sommarjackan hängdes upp
på kroken och hängde där stillsamt. De hade setts i två
månader just denna dag. Fina dagar. Enkelhet korsad
med komplexitet. Kvällen blev fin bortom muren. Med
dofter och passion.

27.

Bring joy,

Tonight,

Change perspective,

Loose connection,

Meant to be,

Chose not to be.

Hastigheter.

Tåget rullade i en fart som inte upplevts på ett tag,
kanske år. Som i en rymdkapsel. Rälsen ville inte vara
med på tågets aktioner. En brottningsmatch som inte tog
slut trots försök från bägge sidor att vinna den oändliga
kampen. Vagnen ryckte till. Först höger, sedan bryskt åt
vänster. Oändlig var kampen självklart inte, men i hennes
poetiska och konstnärliga ådra ville inte vardagen vara
enkel alla gånger. Orten där hon växt upp närmade sig då
tåget ökade sin fart än mer. Men det var för en gångs
skull inte dit hennes vägar ledde. Tåget rusade framåt
och skulle inte notera hennes barndoms ursprung.
Resterande resenärer likaså. Lastbilschaufförer och andra
tåg tog inte heller notis. Fanns ingen anledning. Vem
kunde hon klandra för det? Hon var en av alla som
övergett basen, startplatsen i livet. Skogen utanför
fönstret började på riktigt kännas igen efter rälsens och
tågets fortsatta duster. Vagnen gick åter från höger till
vänster i ett par sekunder. Tåget verkade ha gett med sig.
Gav upp i brist på energi och syfte. Resan blev
behagligare när vagnen lugnade ner sig. Svängarna

hanterades med bravur. Kanske hade rälsen och tåget

blivit sams genom tydliga kommunikationsmedel.

Utvecklad förståelse. Poetiska och pretentiösa ådran var

där igen. Kommunikation hon själv aldrig förstått eller

försökt hitta medel till. Oavsett om det gällde konflikter

eller att uttrycka omtanke. I tankegångarna skymtades

den gamla skolan till. Den var förfallen och sorglig. Men

den var hennes minne och del av en vacker start. Skogen

kändes inte igen längre efter ett par hundra meter.

Vägarna skulle någon annanstans.

28.

The sky,

Before it starts to rain,

How it felt,

With you.

Tillflykt.

Händerna smekte henne på alla rätta vis.

Beröringspunkter som hon inte visste skulle beröras fick

hennes nackhår att ställa sig rakt upp. Som om händerna

var generaler som skrek på dem att inte ge vika, men hur

de trots detta valde att skänka krafterna till beröringen.

Hårstrån blev till dresserade hundar. Behövde inte tänka

själva. Bara följa med i sensationen. Med hängande

tungor och huvuden på sned fortsatte håret att bibehålla

sin givaktposition när hans mun försiktigt fångade in

örsnibben. Kändes som om hans läppar nästintill bad om

lov innan de närmade sig den ömtåliga huden. Hennes

händer försökte fånga någonting konkret att hålla fast i

när händerna som inte tillhörde henne tog tillflykt vid

hennes ryggslut. En plats där beröringspunkter på allvar

visste att de ville bemötas med en totalinvasion.

Omtanke från en annan. På rätt plats vid rätt tidpunkt.

Hennes självständiga personlighet, styrkan i allting, visste

att kapitulationen var nära när skyddet från andra föll.

Om personen korsade barriären när skyddet föll en kort

stund, var den där för att stanna. Hur länge visste hon

aldrig. Men avtrycket blev oftast långvarigt. Han hade visat prov på att beröra henne på andra vis än enbart fysiskt. I sinnet började han bli kvar med sina mystiska anekdoter och udda leenden som verkade ske när hon utmanade honom. Hans integritet var stark men redo att blottas för henne. Hon tilläts komma närmare för varje träff som blev av. Fick han komma henne så nära som ingen fick gå? Det var inte bestämt ännu.

29.

Sending thank you,

To the ones who stayed,

After seeing all of me,

Sending thank you,

To the ones who left,

After have been given all of me.

Livstid.

Kaffet på caféet i kvarteret smakade åter som de drömmar hon haft som liten, när allting var lekande lätt. När koppen mötte bordet efter ännu en sagolik klunk möttes vännernas ögon och hjärtat ville genast lätta på vad det trodde sig ha börjat känna. Vännen lyssnade till vad hon berättade och log i omgångar. Varför visste hon inte. Men var van vid att den närmsta vännen uttryckte sig på det sättet för att visa att hon verkligen fanns med i det som sades. Ibland tårades ögonen upp av vad hon berättade. Dramatiskt tänkte hon, men lät det passera. Jobbet hade äntligen blivit vad hon hoppats på under ett års tid. Utveckling och kompetens fyllde hennes dagar och fick henne att längta till morgondagen. Ansvaret som lagts på henne, och som hon längtat efter att behöva ta, gjorde henne till den karriärkvinna hon sett sig som. Total hängivelse till arbetet. Mentorskapet med den några år äldre kvinnan gav henne råd och avancerade förändringsmetoder för en hel livstid. I alla fall kände det som om det var vad som lärdes ut. Hon kunde finna sig med att tappa hakan över de briljanta tipsen som mentorn gav henne kring arbetssätt hon upplevde som oföränderliga. När hon återgav vad den aktuella mentorn gav henne, visade den bästa vännen upp sin arm och pekade på sin egen underarm. Rysningar, positiva sådana, fick hennes hår att stå rakt upp. Precis som när den nye individen i hennes liv, som tagit henne med storm, infann sig i samma rum. Inte längre en främling, men inte heller en fast punkt. Under arbetsdagen kom hon ibland av sig när tankar om honom dök upp från tomma intet. Bästa vännen knäppte med fingrarna framför hennes ansikte samtidigt som kaffekoppen vilade lekande lätt mot underläppen.

30.

Stopped waiting,

For you,

To show me twice,

What you'd shown,

Me once.

Base & Hotel.

Martinipolisen var i farten denna kväll och tog inga fångar. Inga egentliga och viktiga. De som föll för alkoholens ursinne fick gå hem innan förfesten var över. Kvällen var en andhämtning från den senaste tidens konstanta flöde av intryck. Horisonten bestod av människor överallt. Det hade hon glömt av efter tre månader av att färdas mot en framtid där han betydde saker på ett nytt och vackert vis. Skonsam mot en trött själ. Ensamheten viskade dock med sina ord allt oftare när hans trygga förhållningssätt hotade hennes egen världsbild kring hur saker bör vara för att komma framåt. Ensamheten ropade till och med de dagar när nästa dejt efterfrågades eller om hon önskade att bli sedd, hörd och förstådd. Att bli omtyckt av andra än enbart vänner och familj. Förfesten började dö ut och enstaka deltagare började sakta klä på sig de tunna jackorna som hängde lite överallt. En efter en blev de färdiga och försvann ut mot hallen och sedan ut i lägenhetskorridorerna med sina ytterdörrar. I den mindre hallen som syntes i all sin prakt från vardagsrummets bekväma soffa, vinkade vännerna att det var dags att gå. En man och hon själv hade blivit sittandes i soffan och diskuterat allt mellan himmel och jord. Han kändes bekant. På gränsen till spännande. Spred en känsla av att inte ha förstått allt i livet ännu. Det gav henne känslor som hon glömt av senaste tiden. I väntan på sin tur att klä på sig ytterkläderna blev de kvar i soffan. Deras samtal var inte lika intressanta eller stimulerande som de hon hade med den andre. Den galopperande vildhästen till dejt fanns med i bakhuvudet när mannen i soffan berättade om sin nya plan kring livet. Han doftade gott. Lavendel eller liknande. Udda val. Hon ville veta mer om honom. Fri som en fågel i kvällen. Handen på låret kom oväntat. Men försiktigt höll den på att dra sig tillbaka. Hon fattade handryggen och lät den ligga kvar. Det kändes tryggt. Hans nya läppar mot hennes. Sirener ljöd.

31.

Not expected,

Not wanted,

Half unknown,

Ain't a lie,

Won't pretend,

You meant something,

Sometimes,

Not wanted,

Not enough.

Eldstorm.

Drömmar var inte en detalj som fick påverka eller spela en roll i hennes relativt korta liv. Att lyssna till familjens, främlingars eller vänners upptåg i deras respektive drömvärldar var outhärdligt. Vad skulle deras fantasivärldar kunna bidra med till hennes konkreta värld som krävde konstruktivt stimuli? Ingenting var slutsatsen som sinnet återvände till efter alla om och men. Minnen om hur dejter börjat drömma om henne. Det var hennes anledning att lämna för gott. Vänner berättade om hur de återsett medlemmar ur forna band eller bekantskaper. Illamående i att behöva le inställsamt till deras berättelser. Hon själv kunde inte minnas en enda dröm fram till för ett par veckor sedan. En vecka närmare bestämt. Hennes dagbok blev till en eldstorm av drömmarna som skapats i hennes undermedvetna. De handlade om honom. Klyschigt enligt henne själv. Med all rätt. Men någonstans blev natten fin, morgonen ännu ljusare. Hon vaknade av att hon log. Det uppstod ett pirr i magen av att se sina egna ben i sängen och veta att de bar henne framåt i allt hon åtog sig. Kraftfull och klokare.

Skuggor och sken blandades i en cocktail och dracks upp i en rörelse. Vad som skulle bli var värt mödan och om det inte blev exakt som hon tänkte, skulle molnbädden under henne fånga upp det av värde. Saker började falla på plats kring det som betydde någonting för henne. Utan de inlärda kraftansträngningarna. Livet var inte fint på grund av honom, men det skadade inte. En viktig påminnelse.

32.

Swapping places,

Hurting another in thunderstorm,

Never chasing,

Even though we were,

The pursuit of a lifetime.

Bli kvar.

Ett bättre alternativ till att stanna skulle vara att gå ifrån det som kunde bli en seriös resa. Gå framåt kring hur saker utvecklat sig. I armarna hos en annan hade vägen börjat leda rätt. Frågor fick sina svar på ett nytt sätt. Vad som varit oklart tidigare blev tydliga målningar. Konsten såldes till nyfikna kunder som aldrig sågs komma i horisonterna. I ovissheten kring vem denne man var återkom ständigt känslan av värme och närvaro. Inbakad i allting som lugnade hennes ambitioner och skapade struktur. Tavlorna, som hon målat och tillåtit pryda hennes väggar, försvann en efter en. De fick sina nya hem som om det var det mest normala som skett. En konstnärs ynnest. Det var han som bett henne ta steget. Visa sina former och färg på canvas som fått hennes kärlek eller hat. Gjorde sig sårbar i en värld som egentligen var en skyddszon. Se vad som kunde hända, inte vara rädd för fallet eller höjdrädsla. Tacksamheten över att få stöd i hennes konstnärliga karriär skulle inte glömmas bort i första taget. Hon kände för att ringa och tacka även om det var hennes egen prestation som var grunden i vad som skett. Framgången var hennes.

Handen lämnade telefonens namn och nummer. Arbetet inför veckan var på ett sätt viktigare än romantiserade uttryck till någon som började få en plats i sitt liv. Den bärbara datorn öppnades upp och dokumenten letade sig pö om pö fram över skärmen som små önationer. Bakgrundsbilden som föreställde minnen från en svunnen tid försvann för varje ny ö. Landskapet från jorden runt-resan var strax borta. Hon var stark i sig själv. Behövde egentligen ingen annan. Men han var bra att ha.

33.

Close call,

A slumber awaken,

Linger in my hand,

Been afraid of losing,

Found despair in inconsistency,

Dream lover,

That is what you'll be.

Barfotad.

Skadeskjuten och svag. Promenad genom kvarteret men även genom själens vrår. Gått vilse där en stund. Visade svaghet och yttrade ord som inte menades. På gott och ont. Vara någon som inte ville skymtas till i spegeln. Ambitionerna viskade tillbaka under promenaden och sade saker som fick henne att känna sig förlöjligad. Hon hade varit dum i sina idéer om kortsiktig karriär. Mötet med mentorn och idéerna om framtiden hade alla gått i lås. De var exakt vad hon önskade. Men i all framgång växte känslan av att ha skyndat fram någonting som egentligen behövde ta tid. Smältas ner och göras om till en silverring att bära med sig. Hon var i en situation där hon skyndat sig fram på en terräng där fötterna egentligen ville springa utan skor; naturligt och härligt. Inte i klackar som liknade korta svärd. Med deras spetsar var marken skadad och den sjönk ner som en inställsam vän. En sådan som inte säger till om saker och ting är på väg åt fel håll. Marken sa aldrig ifrån utan tillät henne att rusa framåt i en alldeles för hög hastighet. En taktik som var ett tveeggat svärd. Ett nyårsbloss redo att brinna i bägge ändar. Skadeskjuten inombords efter att inte ha levt som hon lärde började kännas av. I ingångshålen från kulorna pulserade stress och ångest ut. Någonting behövde ske för att vända en trend. Uppmärksamma vad som kunde tas bort ur det som blivit för påtagligt. Rädslan över att även här agera ur gamla vanor var monumental.

34.

Dancing in a strangers area,

Walked through flames with intensity,

Want a fantasy,

Willing to sacrifice a moment in time,

Maybe more.

Våld.

När det var dags att glömma honom gick det snabbare än
hon vågade tro på till en början. Han tycktes ha berört
henne på ett nytt vis men bevisligen var det ännu en
illusion värdig att behålla nära inpå det som blivit ett
kärleksliv som ansågs fungera. När formuleringarna
lämnade hennes mun om hur hon behövde finna sig själv,
märkte hon hur smilbanden rörde sig upp mot
kindbenen. Hon trodde inte ens själv på det som tungan
formade. Han var inte tillräcklig för henne. Enkelt och
kort. Att han förtjänade bättre sade hon mest för att stilla
hans uppenbart sårade inre. I sin byxficka gick hon vidare
från samtalet med en segergest uttryckt inom tyget. V för
victory. Det brustna självförtroendet på hans ansikte
visade sig som tårar. Kinderna blev till akvarellpapper.
Det skulle dröja innan färgen torkade in och han gick
vidare. Men den tiden var inte hennes att hantera. Livet
skulle vidare. Utan broms. Valet var gjort och han föll för
henne på eget bevåg. Trist för honom men glädje hos
henne över att äntligen bli fri igen. Påtvingad omtanke
och ett späckat schema baserat på att dela kyssar och sin

tid var utdaterat. Livet skulle kräva mer hädanefter.
Storartade saker var till för henne att finna. De mediokra
dagarna var historia. Veckorna tillhörde henne igen, i
hennes eget våld. Fotstegen passerade hans lägenhets
lilla passage en sista gång. Om det var hennes namn som
hördes över gatans asfalt visste hon inte, men det lät
bekant. Även om försöken skulle komma i form av brev,
textmeddelanden och obesvarade samtal, valde hon att
redan där bryta. Det irrelevanta att hitta tillbaka till
varandra vägde tungt. Ett par bra månader var vad han
fick. Det behövde han hantera och vara tacksam över.
Han var trygghet och värme i mänsklig form. Sak samma.
Framåt måste livet, det var ett faktum.

35.

Turnstiles borrowed,

Creating a motion,

Comprehensive,

Simple mind constructed,

Flow and bright glow,

Stay up or let go.

Rosblad.

Han kysste henne som vinden vill rosbladen väl, hennes fötter tappade all balans i sina försök att hitta densamma. Stunden som precis börjat med honom rubbade tankarna i ett par millisekunder. Hennes läppar gav tillbaka samma smocka och i ögonen såg hon att det var en fullträff. När deras ben bar dem mot konserthuset, snubblade han till. Hon log i triumf. De hade inte pratat på en hel vecka. En vecka av tystnad och i hennes ögon ett mästerverk. Ett test av karaktär. Han klarade testet med bravur och högsta betyg. Som hon gav honom med glädje. Han var tillräcklig för att förtjäna hennes tid. På ett armslångt avstånd var hon trygg. Hans läppar var sedan deras första möte hennes fångar och hon älskade makten. Utan bröd och vatten kunde hon få dem att svälta. Utsvultna mellan varje kyss. En vecka av tystnad. Att inte ta hans namn i sin mun inför vänner eller andra som kom hennes väg. Testet var antagligen en del för henne också. Det gick inte riktigt att förneka. Ett test för den egna karaktären. Den som oftast gick snabbt in i någonting nytt. Skulle han kanske vinna nästa rond? Kanske var det hans tur nästa gång att springa ärevarv efter vinst som smakade av livets sötaste arom. Om det var fallet skulle han behöva vara en skådespelare värdig akademins finaste pris. Känslorna fanns utanpå denna man, och därför visste hon att vinsten alltid skulle vara hennes. En vecka in och deras resa tillsammans började med konserten. En gemensam favorit. Bara mannen i kassan visste om de passade ihop i varandras armar, de själva var inte där ännu.

36.

Opera,

Tuned in your heart,

Meaningless voice,

Before you,

Before me.

Kuling.

Det var tyst tillsammans med gatan utanför. Ingen ville vistas där. Ovanligt tyst. Hjälplösa ljudvågor mot ingenting i rörelse. Kylskåpets termostat genomförde sin sedvanliga sång. Ett brummande som aldrig kändes irriterande. Elektrisk serenad. Trots en hektisk period var denna stund tystnaden själv. Det var bra, det var just stunderna i köket som var det enda hon behövde i omgångar. Humöret tillät inte spektakel denna dag. En vecka efter att ha brutit en framtid. En säker sådan. Det hade inte blivit hanterbart ännu. Rätt beslut, men trots detta en påfrestning. Definitivt rätt. Tiden skulle erkänna det i efterhand. Tiden behövde ge tid till sig själv. För en gångs skull. Koppen med té i händerna, stor som en skål, var sval men på ett annat vis vacker. Gick att dricka vattnet som blandat sig med örterna, njuta utav. Aromerna och smaken fanns kvar, men värmen tog farväl i snabb takt. Farväl som hon börjat bli van vid. Till det som alltid kom henne nära. Ledig dag väntade och färgerna var redo att blandas till dova temperaturer framför staffliet. Dova och oskyldiga, som det nu kalla téet. Oskyldig, som det första mötet. Saknaden efter en vecka var inte rimlig. Saknad fanns inte under en enda månad när han faktiskt fanns till. Attraktionen spelade ut sig själv och varje känsla levde fritt inom hennes regler och förutbestämda tolkningar. Trafik utanför fönstret. Gatan avbröt fortsatta försök till att landa i besluten.

37.

Do have,

Memories of brighter days,

Knock on wood,

Certainly rough patches,

They'll dissolve.

En inre sång.

En stund till. Snälla, en stund till. I solskenet i parken i
kvarteret ville tiden springa ifrån henne, tillbaka in i en
dimma av rutiner och anonym stimuli. Inte exakt det hon
önskat sig i de drömmar som valt att leva sina egna liv
och ha med henne som åskådare. Hjälplös passagerare.
Hennes namn lät sagolikt vackert när det vilade på hans
läppar. Bokstav efter bokstav. Dagarna blev enklare när
sms ramlade in om att besöka platser hon varit på själv.
Dela stunder med honom var plötsligt högsta prioritet.
Om han stannade en minut, en sekund till, kanske
känslan skulle finnas kvar som den gjort sedan vinter
blivit vår. Frö blivit till en ros. Där rosorna skulle växa. När
våren tog farväl dök samtidigt spöken från ett förflutet
upp. Beslutens baktankar levde i högsta grad. Var ångern
framme blev den till klinisk medicin. Uppmanade alla
känslor att avsluta det som börjat lugna hennes tillvaro.
Ett lugn som skapat struktur i det som spelade roll.
Hennes unga inre sång blev påtaglig med honom. En
längtan som inte gjorde gott varje minut eller timme.
Men någonstans vägde fördelarna ständigt över för

henne att hålla fast vid. En stund till stunden. En sekund till av sötman och bitterheten som adderade smak till vardagens alla måsten. Tidens språng var noterbart men hon smaksatte stressen med den godaste av toner. I trädkronorna visste hon att det viskades om någonting nytt. Om hur en bro var på väg att gå upp i flammor om en inte var försiktig. Behöll lugn i storm. Flammorna kunde bli synbara från rymden om allting skulle fortsätta. En timme till i det som blivit. Om hon kunde få det, skulle hon leva igen.

38.

Felt for a moment,

As if,

The ceiling would cave in,

But somehow,

It didn't.

Takås revisited.

Månaden gick och den första snön föll över takåsarna
som såg ut att frysa. Dagens energi hade de inte fått se
på flera veckor, kanske månader. Men hon sände all
värme och kärlek till takpannorna som började begravas
under den nyfallna snön. Över gatan och i luften flög
känslorna. Livet som kretsade kring arbete och prestation
var där det hade önskats vara under flera år. Ambitionen
var där genom jordens varv, men nu var även resurserna
för utförandet närvarande. Mentorskapet överträffade
förväntan, och ledde i sin tur till än mer framgång. En
massiv konferens väntade på henne i sin planering. En
planeringsmanual som var överfylld av spännande projekt
flera månader framåt. En av de främsta talarna under
konferensen skulle vara hon själv i egen person.
Självförtroendet var på nya nivåer när besluten gick i linje
med vad hon ville. Besluten tog inga omvägar längre. De
tuffa perioderna sneglades på i en backspegel som
knappt användes längre. I den mentala backspegeln fanns
ingen energi. Hastigheten i hennes framfart tillät inte
tillvaron att basera det som komma skulle på forna

minnen. Ingen hänsyn kring historien. Kanske hade hjärtan blivit krossade till följd av hennes makt. Kanske hade andras känslor inte respekterats och behandlats på ett bra sätt. Men det var ingenting som kunde rättas till. Det var produkten av hennes framfart och gick inte att stoppa. Värdet låg i vartåt blicken riktades. Framåt var fokus och det som gick att se var greppbart. Hon kunde smaka på detsamma. Huvudskådespelaren var hädanefter hon själv och om priserna var på väg, var det enbart en tidsfråga om när. Manusförfattare, ljus- och ljudtekniker, regissörer. Alla fick ta ett kliv bakåt. Framtiden var hennes. Framåt.

39.

Bandwagon with worthy love,

Why look the other way?

Why embrace the good,

Easy,

Empathy for closer understanding,

Ignorance enough to look away.

Smilgropar.

Hans lätta steg gav inte ifrån sig ett enda ljud i den tidiga morgonen. Handflatorna och fingrarna höll i allting som hon höll som enkelheten och essensen i morgonen. Brödet som bygger drömmar och kaffekoppar med sina rökridåer ovanför som slingrar sig upp mot taket. Nästan som en dans av kemiska mått, en tango för den mest passionerade dansören eller dansösen. Stegen kom närmare utan ljud. Hördes inte, syntes dock. Ett försiktigt närmande och en undran om de fick ta den plats som inte var deras att be om. På samma vis som känslorna för honom vandrat runt i en ovisshet och väntat på att bli insläppta. Det ljud som hördes, noterades, var det från hans smilgropar. Där i ville hon gå vilse. Om och om igen. Hans ögon såg henne på ett speciellt vis just under morgonens första flämtande andetag. I samma ögon fanns det djupa, färgrika, mystiska och vänliga. Idag ville hon dock inte försvinna bort. Känslorna kring honom viskade och frågade om de fick komma in i värmen. Några av dem vandrade av och an på en mental veranda. Aktionerna från hans inre förtjänade att bli sedda och hörda. Mer än temporärt. Ytterdörren till hennes inre betydde ingenting och var till för att forceras in och tillåta allting att få ta plats. Stormad som av en insatsstyrka med den tydligaste av taktiker. Mästerverk för den som höll kärlek närmast hjärtat. I smilgroparna och i ögonen fanns en trygg framtid. Men trygghet var inte hennes mål eller melodi. Inte hennes framtid att följa. Hon kände att kaffet kunde komma, få platsen hon gjort upp för honom. Han var fin, trygghet och skönhet. Men det skulle inte bli detta. Hans lätta steg hördes inte i sovrummet. Och hon ville mer.

40.

Foreign sunset,

Writing words on forehead,

Once kissed by plenty,

Holding onto beams of light,

Their presence calms,

The most recent crumble,

Foreign kiss,

Imaginative.

Slowly,

Bending inside your arms,

Shapes everlasting,

Comfortable and free.

 "Tell me,

If I shatter your world,

With the noise of my heart,

And I shall leave."

I said.

”You're not disturbing”

She said.

“You're only mending my own heartbeats; and I hope you
stay”

Epilog.

Vattendropparna från badkarets blandare hittade på något vis ut och noterades för varje gång de tvingade ytspänningen att ge vika för naturens lagar. Kroppen var omhändertagen av molekylerna runt densamma. Det varma vattnet tog hand om ett sinne som behövt uthärda ännu ett fall från ambitionernas höjd. Speglar, främst den i badrummet, var åter tvingad att se hur en skepnad som arbetat kring den egna själen, blev bortglömd som en vante på en spårvagn. Det var accepterat, bearbetat men av någon anledning stannade känslan kvar när den uttryckte sitt egna namn. Hon var ändå den vintersagan som han ville läsa.

Backen upp till lägenheten gav inget test till benen som bar skepnaden upp mot en lägenhet som i flera år varit den oas som eftersökts. Asfalten var varm, det var solen som berättat nyheten. Bland sina växter som agerade djungel fanns syret som ett sinne jagat sedan tonåren. Ytterdörren stängdes och låste nästintill sig själv. De händer som rört densamma var många och de hade alla betytt någonting. Han visste inte exakt hur och på vilket vis de som passerat hade påverkat honom. Men inspirationen var grundad i samma individer och röster. Ännu kunde han minnas anekdoter, drömmar och tankar om vad som skulle bli av ett liv.

En kopp med hett kaffe vilar åter i handen och en tavla ska fyllas med dyr färg. Gul nyans möter grön och försvinner bort i en våg av falsk kreativitet. I tanken dyker hon upp igen och får aromen i färg och kaffe att lysa som månen en första kväll i oktober. Även om sommaren är framme och får skjortan med färgstänk att fladdra till i korsdraget, ler han försiktigt. Du var här, vi var här. Det om någonting fanns i andetagen. Svalget välkomnar beskheten. Kroppen har sett skönheten.

Kväll och i horisonten syns en orange strimma prägla det sista ljuset som dagen fick till sig. Gatan nedanför säger inget mer än korta ord. Bokstaverar ibland sina tankar och låter de rinna ner i brunnarna som agerar artärer fulla med näring. Vem som passerat vet gatan inte. Bara att någon berört mer än korta sekunder. I luften lyfter partiklar från ett liv som levts. I luften bor en stämma som vill mer än vardagens pustar. När tiden är kommen *kommer de som tog sig tiden att se hur det lilla blev till känslor. Och hur känslor blev till nytta. Fåglarna sjunger en sång för den som bevittnat och lyssnat till gatans löfte. De sjunger en sång om dig; som om de inte vet om att du inte längre finns. Som om någon glömt att berätta att du gick.*